1914 Juin 6

(N° 333)

Vente du Samedi 6 Juin 1914

HOTEL DROUOT — SALLE N° 7

N° 5 du Catalogue.

ESTAMPES

ET

DESSINS ANCIENS

Mᵉ ANDRÉ DESVOUGES. M. LOYS DELTEIL.

Exposition Publique, Hotel Drouot, Salle N° 7
Le Mardi 2 Juin 1914, de 2 heures à 5 heures

CATALOGUE

DES

ESTAMPES

ET

DESSINS

ANCIENS

Faisant partie d'une très importante Collection

Dont la vente aura lieu

à Paris, HOTEL DROUOT, Salle N° 7

Le Samedi 6 Juin 1914

à 3 heures 1/2 précises

Par le Ministère de Mᵉ ANDRÉ DESVOUGES

COMMISSAIRE-PRISEUR

26, Rue de la Grange-Batelière

Assisté de M. LOYS DELTEIL, Graveur et Expert

2, Rue des Beaux-Arts

CONDITIONS DE LA VENTE

Elle sera faite au comptant.

Les adjudicataires paieront *dix pour cent* en sus des enchères.

M. Loys Delteil remplira les commissions que voudront bien lui confier les amateurs ne pouvant y assister.

MM. les Amateurs pourront visiter la collection, 2, *rue des Beaux-Arts*, du 15 au 25 Mai 1914, de 2 heures à 5 heures *(les Dimanches exceptés)*.

Exposition Publique, Hotel Drouot, Salle N° 7.

Le Mardi 2 Juin 1914, de 2 heures à 5 heures.

N.-B. — L'importante collection de livres d'architecture et de recueils d'ornements, formant le complément de cette vente (3 au 6 Juin), fait l'objet d'un catalogue spécial, rédigé par M. Albert Besombes, expert-libraire, 40, rue Lepeletier.

DÉSIGNATION

ESTAMPES
(XVIᵉ SIÈCLE)

AMMAN (Jost)

1. Coligny (Gaspard de), 1573. (Bartsch 17.) Epreuve restaurée.

BARBARY (Jacopo de)

2. Le Sacrifice à Priape (Bartsch 19). Très belle épreuve. Collection H. Weber.

3. Mars et Vénus (20). Très belle épreuve. Très rare.

DURER (Albrecht)

4. Les Armoiries au Coq (Bartsch 100). Très belle épreuve.

5. Les Armoiries à la tête de mort (101). Très belle épreuve.

6. La Vie de la Vierge (76-95). Dix-huit planches (sur 20) en un album in-4° ; le frontispice qui manque a été remplacé par la Vierge couronnée par deux Anges (B. 101), soit dix-neuf pièces, avec marges, sans texte au verso. Mouillures à la plupart des pl., (2 pièces manquent de conservation).

JACQUES DE STRASBOURG

7. Composition allégorique intitulée : *Istoria Romana* (Passavant). Très belle épreuve de la collection Camberlyn.

MAITRE AU DÉ

8. Panneaux d'ornements, d'après Raphaël (B. 80, 81, 82, 84). Cinq pièces (y compris un double, avec différences). Très belles épreuves (3 *avant l'adresse*) (B. 27).
On y a joint le Sacrifice à Priape.

MAITRE AU MONOGRAMME B.R.S.E.

9. La Vierge, Jésus et saint Jean. Gravure sur bois. Très belle épreuve.

MAITRE H. L.

10. Les Instruments de la Passion (B. 2). — Saint Georges (3). — L'Amour debout sur une boule (6). Trois pièces. Belles épreuves (déchirure à une planche).

MAITRE I. B.

11. Pièce emblématique (B. 30). Très belle épreuve.

MAITRE ANONYME ITALIEN (XVᵉ siècle)

12. Virginius tuant sa fille. Belle épreuve de tirage postérieur. Cette pl. est attribuée à Gherardo, par Ottley.

N°33 du Catalogue.

MAITRES ITALIENS

13. L'Enfant couché entre une Femme et un Vieillard
(B., vol. XIII, n° 68). Belle épreuve. Très rare.

14. Saint Martin. Très belle épreuve. Très rare (petites
restaurations).

MANTEGNA (André)

15. La Flagellation (Bartsch 1). Copie par un vieux
maître. Belle épreuve (petites restaurations).

16. La Sépulture (2). Belle épreuve. Restaurée.

17. La Sépulture (3). Epreuve manquant de conservation.

18. Jésus-Christ descendant aux limbes (5). Très belle
épreuve (doublée et restaurée).

19. Jésus-Christ entre saint André et saint Longin (6).
Belle épreuve (petites restaurations).

20. La Vierge (8). Belle épreuve (restaurée et doublée).

21. La Vierge dans la grotte (9). Partie centrale de cette
estampe fort rare; les parties manquantes sont
dessinées à la plume.

22. Les Éléphants portant des torches (12). Très belle
épreuve (petites restaurations).

23. Les Soldats portant des trophées, 2° pl. (14). Très
belle épreuve; la colonne a été rapportée.

24. Hercule et Anthée (16). Belle épreuve, rognée et
restaurée.

N° 37 du Catalogue.

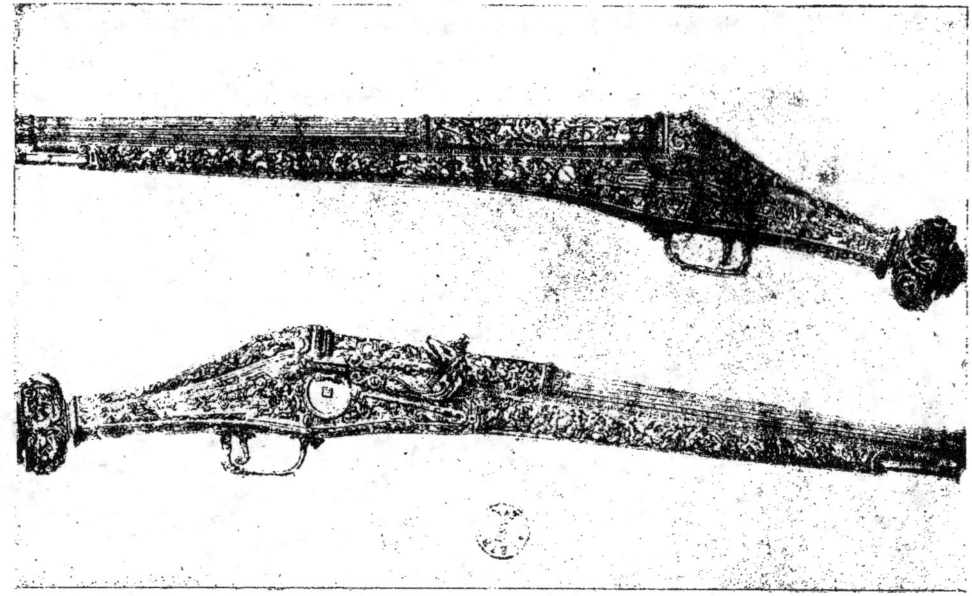

N° 48 du Catalogue.

25. Combat de deux Tritons (17). Très belle épreuve (restaurée et légèrement rognée).

26. Combat de dieux Marins (18). Belle épreuve (restaurée et légèrement rognée).

27. Bacchanale à la cuve (19). Belle épreuve (restaurée).

28. Bacchanale au Silène (20). Très belle épreuve (restaurée).

29. Le Sénat de Rome, accompagnant un triomphe, copies par J. A. de Bresse (**B.** 7). — La Danse de quatre Femmes (20). Deux pl. Belles épreuves (restaurées).

MECKELN (Israël van)

30. La Présentation au Temple (Bartsch 32). Très belle épreuve (petites restaurations dans le bas de l'estampe).

31. L'Annonciation (34). Très belle épreuve.

32. La Naissance de Jésus-Christ (35). Très belle épreuve.

33. L'Adoration des Rois (36). Superbe épreuve.

34. La Circoncision (37). Superbe épreuve de la collection W. Esdaile.

35. Le Massacre des Innocents (38). Belle épreuve (légères cassures et épidermures).

MONTAGNA (Benedetto)

36. Le Grand Cheval, d'apr. Alb. Durer (**B.** 22). Très belle épreuve (petite cassure).

POLLAIUOLO (Antonio)

37. Les Gladiateurs (Bartsch 2). Très belle épreuve de la collection H. Weber (légères cassures et épidermures).

ROBETTA

38. L'Adoration des Rois (Bartsch 6). Très belle épreuve.

39. L'Homme attaché à un arbre par l'Amour (25). Belle épreuve.

XVIII° SIÈCLE

BONNET (L. M.)

40. Mars et Vénus. — L'Insomnie amoureuse. Deux pl., d'après L. Lagrenée. Superbes épreuves.

BOUCHARDON (d'après Edme)

41. L'Enlèvement d'Europe par Jupiter. — L'Enlèvement de Déjanire par le Centaure Nessus, 2 pl. par J.-B. Lucien, se faisant pendants. Très belles épreuves, *tirées en sanguine*.

DEMARTEAU (G.) — LUCIEN (J.-B.)

42. Figures et têtes de fantaisie. Onze pl. in-fol. d'après Raphaël, Carrache, Pierre, Bouchardon, etc. Très belles épreuves, *tirées en sanguine*.

HUET (d'après J.-B.)

43. Louis XV et la Famille Royale, sept médaillons entourés d'amours, par Briceau. Superbe épreuve *tirée en deux tons*. Rare.

DESSINS

BÉRAIN (École de)

44. Décorations de Cheminées et de panneaux. Onze
dessins à la plume, lavés d'encre de chine.

BERRUGUETE (Alonso)

45. Recueil de 178 dessins à la plume, modèles d'armoiries, frises d'ornements, motifs pour la broderie;
études de chevaux et animaux divers, etc. ; un
alb. in-8° obl. cart. filigrané avec armoiries.
Précieux recueil annoté par B. de Mendoca.

CHALGRIN (Jean-Franç. Thérèse)

46. Décoration d'une Chambre à coucher et de deux
Salons. Trois dessins à la plume, lavés d'encre de
Chine, légers rehauts; sur l'un d'eux, se lit la
mention suivante : *Par moi, Premier architecte
de Monsieur a paris le 16 mars 1781, Chalgrin.*

CONTANT D'IVRY (Pierre)

47. Motif gauche d'une Horloge. A l'encre de chine.
Signé.

L. 820. H. 283.

DELAULNE (Étienne)

48. Deux Pistolets richement ornés. A la plume, lavés
de sépia. — Ces deux très importants dessins
proviennent de la collection A. Bérard.

EISEN (Charles)

49. Projet de frontispice pour un ouvrage sur la Géographie ; aux angles, figures personnifiant les quatre Parties du Monde. A l'encre de Chine. Collection A. Berard.

H. 480. L. 350.

FORTY (Jean-François)

50. Deux Ciboires. A l'encre de Chine. Ont été gravés (2ᵉ Cahier, pl. 1. Orfèvrerie à l'usage des Eglises).

H. 248. L. 230.

GHEYN (attribué à J. de)

51. Deux Hallebardiers et porte-enseigne. Deux dessins à la plume, lavés d'encre de Chine.

H. (de chaque dessin) 400. L. 305

HOLTSWILLER (Peter)

52. Vase orné. A la plume, lavé de sépia. *Signé* et daté : 1564. Collection A. Berard.

H. 257. L. 185.

LA LONDE (de)

53. Décoration d'un Lit à Baldaquin. A la plume, lavé d'encre de Chine, avec rehauts d'aquarelle.

H. 415. L. 265.

PISANELLO (Ecole de Vittorio Pisano, dit)

54. Deux bustes de Jeunes Femmes. Plume, encre de Chine et sépia.

H. 180. L. 152.

N° 58 du Catalogue.

SOLIS (Virgile)

55. Réunion de dessins pour la décoration des carabines, un petit nombre avec scènes mythologiques et figures allégoriques.
Soixante dessins exécutés à la plume avec un soin précieux et rehaussés d'aquarelle pour la plupart; plusieurs dessins portent le monogramme du maître.

T*** (XVIII᷎ siècle)

56. Motifs variés d'ornements propres à la Bijouterie. Recueil de 68 feuillets de dessins au crayon, contenant plus de 130 motifs, un alb., in-12 obl.

TORO (J. Bernard)

57. Arabesques. Deux importants dessins à la plume, lavés d'encre de Chine (manquent un peu de conservation)

H. (de chaque dessin) 455. L. 225.

58. Cartouche orné. A la plume, lavé d'encre de Chine.

H. 340. L. 220.

59. Motif décoratif. A l'encre de chine.

H. 310. L. 200.

60. Arabesque avec figures allégoriques. A l'encre de Chine. Collection A. Bérard.

H. 230. L. 120.

61. Arabesques. Deux dessins à l'encre de chine.

H. (de chaque dessin) 190. L. 132.

62. Grotesques. — Arabesque. Trois dessins à l'encre de chine. On y a joint un dessin par le même artiste, manquant de conservation.

63. Détails d'ornementation décorative et motifs de vases et d'attributs guerriers. Quatre dessins à l'encre de chine.

TORO (?)

63 *bis*. Quatre Profils de candélabres. A la plume, lavé d'encre de chine.

H. 600. L. 370.

ANONYMES (XVI* siècle)

64. Recueil ancien contenant 47 dessins d'ornementation et d'architecture : portes, meubles divers, flambeaux, siège, figures décoratives, etc.

65. Armoiries, 2 Miniatures ; Frises. 2 dessins à la plume.

ANONYME (fin du XVII* siècle)

66. Recueil d'ornements divers : motifs variés de décoration, frises, culs-de-lampe, détails de clefs, médaille de l'ordre de Saint-Michel, chiffres, trumeaux, etc. Cent dessins *à la sanguine* réunis en un alb. in-8° cart.

ANONYME (XVIII* siècle)

67. Différents motifs de décoration pour l'Eglise Saint-Trophime, à Arles. Réunion de 32 dessins à la la plume. Au verso de la feuille d'un de ces dessins, on lit : *Elévation du Dôme de Saint-Trophime par le Sieur Toreau.*

68. Arabesques. Quatre dessins à la plume, à double motif.

H. (de chaque dessin), 310, L. 200.

FRAZIER-SOYE

GRAVEUR-IMPRIMEUR

153-157, RUE MONTMARTRE

PARIS

www.ingramcontent.com/pod-product-compliance
Lightning Source LLC
LaVergne TN
LVHW012159170726
843503LV00009B/4267